Why the Turtle

HAS A BROKEN-PATTERNED SHELL

Once Upon a Time: A Tale From Nigeria

Dr. Rose Ihedigbo

tate publishing
CHILDREN'S DIVISION

All the best of what you have been called to be

Much love,

Published by Tate Publishing & Enterprises, LLC
127 E. Trade Center Terrace | Mustang, Oklahoma 73064 USA
1.888.361.9473 | www.tatepublishing.com

Tate Publishing is committed to excellence in the publishing industry. The company reflects the philosophy established by the founders, based on Psalm 68:11,
"The Lord gave the word and great was the company of those who published it."

Book design copyright © 2016 by Tate Publishing, LLC. All rights reserved.
Cover and interior design by James Mensidor
Illustrations by Dindo Contento

Published in the United States of America

ISBN: 9978-1-60799-149-6
1. Juvenile Fiction / Animals / General
2. Juvenile Fiction / Legends, Myths, Fables / African
15.12.14

To my grandchildren—
Ajah, Ejike, Simeon, Zara, Isaiah, Chinua, Sarai, Gracie
Nnamdi, and all yet to arrive.
Grandma loves you so much.

⁓ↄ৹৫৫৹ↄ⁓

A mis nietos—
Ajah, Ejike, Simeon, Zara, Isaiah, Chinua, Sarai, Gracie
Nnamdi y a todos los que están por venir.
La abuela los ama con todo el corazón.

Once upon a time, there was a kingdom of animals. The reptiles, in all sizes, big and small, were invited to a special party in the heavens. Birds of all kinds—big, small, and in different colors of red, blue, black, yellow, orange, and green—were also invited to the party. Those who had attended the event before could testify to the abundance of food at the party. Since the party takes place in the heavens, way above the skies, only the birds with feathers can fly to the party.

—⁓∾∾∾⁓—

Había una vez un reino de animales. Las serpientes, de todos los tamaños, grandes y pequeñas, fueron invitadas a una fiesta en los cielos. También fueron invitados a la fiesta los pájaros de todas las especies— grandes, pequeños y de diferentes colores: rojo, azul, negro, amarillo, naranja y verde. Los que habían ido a la fiesta antes podían asegurar que en la fiesta habría una abundante cantidad de comida. Como la fiesta era en el cielo, muy arriba en el cielo, sólo podían volar a la fiesta las aves con plumas.

Here comes the turtle with hard scales. He wanted to go, but he had no feathers. The turtle is not the one to give up so easily. He was determined to go to the party with all the birds.

So he went to every bird and borrowed a feather. Then he glued all the feathers to his back and all over his body. Soon he was the most colorful bird of them all.

Y ahí estaba la tortuga con su duro caparazón. Ella quería ir pero no tenía plumas. Las tortugas no se rinden muy rápido, ella estaba decidida a ir a la fiesta con todos los demás pájaros.

Entonces le pidió una pluma a cada pájaro. Luego, las pegó a su espalda y todo alrededor de su cuerpo. Pronto ella se había convertido en el pájaro más colorido de todos.

The birds gathered from all corners of the earth—from the north, south, east, and west.

They wanted to go in one group as friends and neighbors. They wondered about the kinds of rules they all have to follow at the party.

They talked about paying attention and remembering rules.

They talked about understanding what others think and feel.

They talked about how to say things right.

Los pájaros de todos los rincones de la tierra - del norte, sur, este y oeste- se reunieron.

Planeaban ir todos juntos, en un solo grupo de amigos y vecinos. Todos se preguntaban cuáles serían las reglas que deberían seguir en la fiesta.

Conversaron sobre prestar atención y recordar las reglas.

Conversaron sobre ser comprensivos con los que los demás piensan y sienten.

Conversaron sobre actuar correctamente.

Then they finally talked about how to embark on this important journey, considering how far they have to travel.

The turtle heard all the discussions and said, "I am so glad we are all invited to this important party. I have an idea."

In the animal kingdom, the turtle is known to be very wise. Therefore, it didn't take him long to convince the birds that he had the best suggestion for them.

—⁓⁓⁓—

Y finalmente conversaron sobre los preparativos para emprender este viaje tan importante, considerando la gran distancia que debían viajar.

La tortuga escuchó toda la conversación y dijo: "Estoy muy contenta de que todos hayamos sido invitados a la fiesta. Tengo una idea".

En el reino animal se sabe que la tortuga es muy sabia. Por esto no le tomó mucho tiempo a la tortuga convencer a los pájaros de que su idea era la mejor de todas.

The turtle told them how far and near he had travelled. Then he said, "It is the tradition in the heavenly kingdom to take up nicknames during important parties like the one we are invited to."

All the birds became so excited and began to choose nicknames.

One chose Cocoroco; the other, Tanwindi; the other, Tamiri and Lakasa; and on and on till each one has picked a nickname.

But the turtle in his craftiness took an unusual nickname of All of You.

———

La tortuga les contó los viajes que ella había hecho, los lejanos y los cercanos. Y luego agrego: "Es tradición en el reino de los cielos ponerse un sobrenombre en las fiestas importantes como a la que hemos sido invitados".

Todos los pájaros se entusiasmaron mucho y comenzaron a elegir sobrenombres

Uno eligió Cocoroco; otro Tanwindi, otro más eligió Tamir y Lakasa; y así siguieron hasta que cada uno había elegido un sobrenombre.

Pero la tortuga, astuta, eligió el inusual sobrenombre de "Todos ustedes".

So the journey started.

They flew a long way into the heavens. When they arrived, their hosts warmly welcomed them, and the party started.

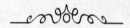

Y entonces emprendieron el viaje.

Volaron un largo recorrido hasta los cielos. Al llegar, los anfitriones le dieron una cálida bienvenida, y empezó la fiesta.

Before long, the meals and drinks began to arrive on the table. First, was the appetizer, a palatable yam porridge.

Immediately the turtle, being their spokesperson, stood and asked their host, "Who is this food for?"

The host answered, "It is for all of you."

Immediately the turtle pounced on the food and consumed all of it. When he had finished eating the entire appetizer, he said to the birds, "Don't worry, you will soon be served individually."

En poco tiempo la comida y la bebida empezó a llenar las mesas. Primero, las entradas, una apetecible crema de camote.

Inmediatamente la tortuga, como la vocera, se levantó y le preguntó a su anfitrión: "¿para quién es esta comida?".

El anfitrión contesto: "Es para todos ustedes".

Inmediatamente la tortuga se abalanzó sobre la comida y se la comió toda. Cuando terminó de comer toda la entrada, le dijo a los pájaros "No se preocupen, pronto les servirán en platos individuales".

The entree of simmering pot of soup with fish and pounded yam was served next. The turtle repeated exactly the same question when the appetizer was served—"Who is this food for?" When the host answered, "It is for all of you," the turtle consumed the food alone.

A continuación, como primer plato, se sirvió una cazuela con una sopa burbujeante de pescado y camote. La tortuga hizo exactamente la misma pregunta que había hecho cuando sirvieron la entrada: "¿Para quién es esta comida?". Cuando el anfitrión contestó: "Es para todos ustedes", la tortuga se lo comió todo ella solita.

Finally, the palm wine was served toward the end of the party. The turtle repeated the same question, "Who is this food for," and the host, not knowing that the turtle was eating all the food, answered in the affirmative, "It is for all of you." The turtle drank the palm wine to the last drop and did not share with the birds.

Suddenly, it dawned on the birds that they had been fooled and tricked by the turtle. They were hungry, tired, and angry.

Finalmente, hacia el final de la fiesta se sirvió vino de palma. La tortuga repitió la misma pregunta: ¿Para quién es esta comida?, y el anfitrión, sin saber que la tortuga se había comido toda la comida antes, contestó, "Es para todos ustedes". La tortuga se tomó todo el vino de palma, hasta la última gota y no lo compartió con los pájaros.

De pronto, los pájaros cayeron y se dieron cuenta de que habían sido engañados por la tortuga. Estaban hambrientos, cansados y enojados.

When it was time to go home, all the birds took back their feathers they had given to the turtle, and he became featherless and couldn't fly.

Before the birds left, the turtle asked them for a favor. He told them to tell his wife when they arrive on earth to gather all the soft materials from their home and assemble them in front of their house so that he can jump from heaven to land on them unhurt.

⁓∾◦∽⁓

Cuando se hizo el momento de ir a casa, todos los pájaros le sacaron las plumas que le habían prestado a la tortuga y la tortuga se quedó sin ninguna de ellas y ya no podía volar.

Antes de que los pájaros se fueran, la tortuga les pidió un favor. Le pidió que le dijeran a su esposa cuando llegaran a la tierra que junte los elementos blandos que tenía en la casa y que los junte en frente de su casa para que así ella pudiera saltar desde los cielos y aterrizar sin hacerse daño.

As soon as they arrived on earth, the birds trooped to the turtle's house and told his wife that her husband said she should assemble all the sharp objects and hard materials in front of the house as he makes his descent from heaven.

Tan pronto llegaron los pájaros a la tierra fueron en banda a la casa de la tortuga y le dijeron a su esposa que su marido le mandaba a reunir todos elementos puntiagudos y duros en frente de su casa para que el pudiera descender de los cielos.

The turtle's wife was not wise, so she agreed and did as she was instructed. The turtle jumped from heaven and landed in front of his house. He crashed with a big bang on the objects, and his shell broke into pieces.

⁓

La esposa de la tortuga no fue sabia, estuvo de acuerdo e hizo lo que se le había pedido. La tortuga, entonces, saltó de los cielos y aterrizó en frente de su casa. Se estrelló e hizo un gran ruido al caer sobre los objetos y su caparazón se rompió en pedazos.

The snail, being kind and gentle, decided to help the turtle. He picked all the broken shells together and used his slimy, gummy fluid to hold the broken pieces together. That is why the turtle's shell looks broken and patterned until this day.

<hr/>

El caracol, amable y gentil, decidió ayudar a la tortuga. Juntó todos las partes rotas del caparazón y con su líquido viscoso y pegajoso pegó una a una las piezas. Hasta hoy, esta es la razón de que el caparazón de la tortuga parezca roto y dibujado.

So beware…

Think before you say and do things that will hurt friends and other people.

Understand that what we do affects everyone around us, whether good or bad.

Sharing is a good thing to do, while lying is not a good thing to do. It will hurt both you and your friends.

Entonces, ten cuidado…

Piensa antes de decir y hacer cosas que pudieran lastimar a tus amigos o a otras personas.

Imagina cómo nuestras acciones afectarán a los que nos rodean, ya sea de buena o mala manera.

Es muy bueno compartir, mentir no es una buena acción, lastimará a ti y a tus amigos.

e|LIVE

---

listen|imagine|view|experience

AUDIO BOOK DOWNLOAD INCLUDED WITH THIS BOOK!

In your hands you hold a complete digital entertainment package. In addition to the paper version, you receive a free download of the audio version of this book. Simply use the code listed below when visiting our website. Once downloaded to your computer, you can listen to the book through your computer's speakers, burn it to an audio CD or save the file to your portable music device (such as Apple's popular iPod) and listen on the go!

How to get your free audio book digital download:

1. Visit www.tatepublishing.com and click on the e|LIVE logo on the home page.
2. Enter the following coupon code:
   5e59-e49f-5fd2-ec69-f452-2f44-5c6f-a9dd
3. Download the audio book from your e|LIVE digital locker and begin enjoying your new digital entertainment package today!

CPSIA information can be obtained
at www.ICGtesting.com
Printed in the USA
LVOW02*0058220816

501173LV00006BA/24/P

9 781607 991496